AF363945

VENTE DU LUNDI 19 MARS 1894

HÔTEL DROUOT, SALLE N° 11

à 2 heures 1/4

JOLIE RÉUNION

DE

OBJETS D'ART

ET

D'AMEUBLEMENT

BRONZES LOUIS XVI ET Ier EMPIRE

PORCELAINES MONTÉES ET NON MONTÉES

EUROPÉENNES ET DE L'EXTRÊME-ORIENT

Collection de Groupes en grès japonais

Marbres, Terres cuites

BEAU SECRETAIRE EN MARQUETERIE LOUIS XVI

Meubles anciens et de style, Tapisserie Henri III

Tableaux, Tentures brodées

Me HILAIRE VIVAREZ	M. A. BLOCHE
COMMISSAIRE-PRISEUR	EXPERT
15, rue Drouot, 15	25, rue de Châteaudun, 25

EXPOSITION PUBLIQUE

LE DIMANCHE 18 MARS 1894

DE 2 HEURES A 5 HEURES 1/2

CONDITIONS DE LA VENTE

La vente sera faite expressément au comptant.

Les Acquéreurs paieront CINQ POUR CENT en sus des adjudications.

L'exposition mettant le public à même de se rendre compte de l'état des objets, il ne sera admis aucune réclamation une fois l'adjudication prononcée.

Paris. — Imp de l'Art, E. Moreau et Cie, 41, rue de la Victoire.

DÉSIGNATION DES OBJETS

MEUBLES, OBJETS D'ART

TAPISSERIES

1 — Beau secrétaire Louis XVI en bois rose et marqueterie, s'ouvrant à deux portes dans le bas, à tiroirs et réserve à secret à l'intérieur, richement garni de bronzes finement ciselés et dorés. Dessus en marbre brèche d'Alep.

2 — Belle garniture de cheminée composée d'une pendule en bronze finement ciselé et doré, et de deux cassolettes supportées par trois cariatides d'enfants posant sur socles ajourés. Époque Louis XVI.

3 — Paire de candélabres en bronze formés par des statuettes de femme portant des bouquets

à trois lumières, posant sur socles en marbre blanc ornés de guirlandes de laurier en en bronze. Époque Louis XVI.

4 — Panneau en broderie représentant le Christ pleuré par les Saintes Femmes. Encadrement à guirlandes de fleurs et ornements.

5 — Beau tapis tout en broderie à fleurs et rosaces, partie fond d'or et polychrome, bordé d'une frange de soie rouge.

6 — Paire de candélabres en bronze argenté à deux lumières. Époque Empire.

7 — Paire de vases en porcelaine, de Jacob Petit, décor de médaillons représentant la Balançoire et Colin-Maillard.

8 — Pendule en bronze doré. Époque Empire.

9 — Paire de vases en bronze du Japon.

10 — Plat en métal repoussé.

11 — Deux statuettes en biscuit : Faust et Marguerite.

12 — Petites coupes en porcelaine de Saxe.

13 — Petites corbeilles en porcelaine de Saxe.

14 — Paire d'appliques en bronze.

15 — Groupe en bois sculpté du Japon.

16 — Divinité en bronze du Japon, représentée assise avec oiseau à côté d'elle.

17 — Figurine en bronze du Japon, garde de pagode.

18 — Magot en bronze, patine claire du Japon.

19 — Porte-bouquets, forme tronc d'arbre, en bronze du Japon.

20 — Figurine : personnage accroupi, en bronze du Japon.

21 — Deux petites consoles-support et d'angle en bois sculpté.

22 — Différents socles en bois de Chine et du Japon.

23 — CHINE. Deux écrans de la famille verte, forme lenticulaire, décor à figures de guerriers et autres personnages, encadrements, carrelage vert et rouge. Monture en bois de fer.

24 — JAPON. Paire de très grands vases, décor laqué fond noir avec médaillons, fond rouge à personnages, fleurs et oiseaux.

25 — CHINE. Paire de grands vases, décor fond à carrelages, médaillons à scènes familières, anses à chimères en polychrome rehaussé d'or.

26 — CHINE. Paire de grands vases, décor fond bleu à semis de fleurs, médaillons à personnages en polychrome à rehauts d'or. Socles en bois noir sculpté.

27 — TOURNAI. Paire de vases fond gros bleu, médaillons à sujets mythologiques, à fleurs et fruits encadrés de rocailles à rehauts d'or. Monture bronze doré, style Louis XVI.

28 — TOURNAI. Paire de vases forme ovoïde, dé-

cor fond bleu turquoise et fond blanc à rubans rehaussés d'or, médaillons à sujets
Watteau et à bouquets de fleurs. Monture
bronze doré, style Louis XVI.

29 — TOURNAI. Paire de vases dans le même
goût que les précédents, fond gros bleu.

30 — TOURNAI. Jardinière fond gros bleu à médaillons encadrements à rehauts d'or. Monture bronze doré, style Louis XVI.

31 — TOURNAI. Deux jardinières fond bleu turquoise, médaillons à sujet d'après Lancret et à
fleurs. Monture bronze doré, style Louis XVI.

32 — SAINT-AMANT. Deux seaux, décor fond
blanc quadrillé d'or, rubans et lambrequins
fond vert, bouquets et guirlandes de fleurs.
Monture bronze doré.

33 — SAINT-AMANT. Jardinière ovale bleu turquoise à médaillons de fleurs et jeux d'enfants. Monture bronze doré, style Louis XVI.

34 — SAXE MARCOLINI. Deux seaux à glace,
décor à bouquets de fleurs.

35 — Saint-Amant. Sucrier décor à fleurs, rubans verts à quadrillés. Monture bronze doré, Style Louis XVI.

36 — Russie. Paire de vases, décor grisaille à rehauts d'or, anses à serpents.

37 — Paris. Important service de table fond blanc, bordure dorée de Vignier, composé d'une soupière avec plat, quatorze plats longs et ronds, deux saucières, deux légumiers, huit raviers, cent vingt-deux assiettes plates, creuses et à dessert, deux sucriers à poudre, un saladier, huit plateaux à bonbons, quatre compotiers, seize pots à crème sur trois coupes présentoirs, cafetière, théière, deux sucriers, pot à crème, onze tasses et soucoupes, treize coquetiers.

38 — Japon. Jardinière, décor oiseaux et fleurs en laque d'or sur fond bleu turquoise. Support en bambou.

39 — Paris. Vase fond mauve, décor à fleurs.

40-50 — Japon. Intéressante collection de quarante-six groupes, statuettes, sujets divers en grès émaillé brun et polychrome. (Sera divisée.)

5 1 — Deux tableaux de masques japonais.

5 2 — Tapisserie Henri III représentant un gentilhomme arrivant avec ses gardes chez une dame de distinction. Fond de paysage.

53 — Portière en tapisserie, verdure animée de volatiles.

54 — Meuble à deux corps en bois sculpté. Époque Louis XVI.

55 — Grande armoire ancienne en bois sculpté.

56 — Deux étagères à colonnettes torses.

57 — Étoffes et galons anciens.

58 — Petite Psyché en acajou. Époque Empire.

59 — Lot de gravures.

60 — Ameublement de salle à manger en noyer

sculpté, composé d'un buffet, une table à trois allonges et six chaises couvertes en cuir noir gaufré.

61 — Ameublement de chambre à coucher en noyer sculpté, composé d'un lit de milieu avec sommier, une armoire à glace biseautée et une table de nuit.

62 — Vitrine en acajou ornée de cuivre. Style Louis XVI.

63 — Porte-manteau en noyer et cuivre. Style Louis XV.

64 — Ameublement de fumoir, style Médicis, en panne rouge et galons vieil or, composé d'un canapé, deux fauteuils et deux chaises.

65 — Fauteuil et deux chaises en noyer sculpté, style gothique, couverts en cuir gaufré, fond grenat, et rehaussés d'or.

66 — Six chaises en marqueterie hollandaise, dossiers forme lyre.

67 — *Fleur de jeunesse*. Buste en marbre d'Oliveri.

68 — *L'Enfant guidant la tortue*. Petit groupe en marbre d'Oliveri.

69 — *En soirée*. Buste en terre cuite du même.

70 — *La Mascotte*. Buste en terre cuite du même.

71 — *Le repos de Vénus*. Groupe en terre cuite d'Oliveri.

72 — *Femme Louis XV*. Buste en terre cuite d'Oliveri.

73 — *Mignon*. Buste en terre cuite d'Oliveri.

74 — *L'Académie*. Buste en terre cuite d'Oliveri.

75 — *Femme, premier Empire*. Buste en terre cuite de Constantin.

76 — *La Patineuse*. Buste en terre cuite de Constantin.

77 — Paire de grands vases en faïence de Satzuma, décor à personnages.

78 — Paire de petits vases en porcelaine de
Chine, décor vert et or.

79 — Deux jardinières en bronze du Japon, décor
grecques, sur plateaux en bois.

80 — Jardinière en émail cloisonné de Chine,
fond noir, décor fleurs en polychrome.

81 — Jardinière en émail cloisonné de Chine,
fond bleu à fleurs.

82 — Deux brûle-parfums en faïence de Satzuma,
couvercles surmontés de chimères.

83 — Divinité de Kutani assise sur un rocher,
décor fond vert, bleu et jaune.

84 — Paire de vases en fonte laquée décor
oiseaux et plantes.

85 — Deux groupes de trois poissons formant
vases, décor divers.

86 — Paire de vases en antimoine, décor oiseaux
et fleurs or.

87 — Paire de cornets en bronze ajouré du
Japon.

88 — Paire de vases en porcelaine de Kutani,
décor personnages et paysages.

89 — Deux coupes en porcelaine de Kutani,
décor personnages et paysages.

90 — Grande vasque en bronze du Japon, ornée
d'oiseaux et de fleurs en relief, sur pieds
têtes de chimères.

91 — Deux brûle-parfums en bronze, anses et
couvercles formés par des chimères.

92 — Paire de vases à cols allongés, ornements
en relief, anses formées par des dragons.

93 — Paire de vases en bronze du Japon sup-
portés par trois enfants, anses à trompes
d'éléphants.

94 — Paire de brûle-parfums en terre de Bo-
caro, fond rouge à chimères en relief or,
couvercles surmontés de chimères.

95 — Paravent à quatre feuilles en coton, peint
et brodé de soie, sujet oiseau et fleurs, fond
rouge.

96 — Paravent analogue, fond bleu.

97 — Petit paravent à trois feuilles en coton,
fond brique, brodé or, oiseaux et fleurs.

98 — Paire de potiches en porcelaine de Chine,
décor bleu sur blanc.

99 — Deux bols en porcelaine de Chine, décor
vert et or à personnages, fleurs et oiseaux.

100 — Paire de potiches en porcelaine de Chine,
genre famille verte, décor personnages.

101 — Paire de vases en porcelaine de Chine,
fond rouge haricot.

102 — Paire de socles ronds et bas, en bois de
fer de Chine, dessus en marbre.

103 — Paire de socles rectangulaires hauts, bois
de fer, dessus en marbre.

TABLEAUX

CUYP (Attribué à ALBERT)

104 — *Portrait en pied de petite fille de la noblesse.*

En robe gros vert, manches à crevés, avec tablier à guimpe garni de dentelle, coiffure à plume. Jouant avec un petit chien.
Tableau intéressant.

JEANRON

105 — *Côtes de la Méditerranée aux environs de Marseille.*

Important tableau animé de figures.
Signé et daté 1886.

LAMPI

106 — *Vénus et l'Amour.*

Signé.

LEDOUX (Mlle)

107 — *La petite fille à l'agneau.*

Joli tableau rappelant un sujet analogue de Greuze.

VERHOVE

108 — *Nombreux bâtiments en vue d'un port.*

Avec figures au premier plan.
Signé à droite.

VERNIER (Émile)

109 — *Paysage ; effet d'hiver.*

Signé.

ÉCOLE ANCIENNE

110 — *Loth et ses filles.*

Très important tableau.

111 — Tableaux et objets divers non catalogués.